Antoine n'a plus de doudou

— Sois raisonnable, Antoine. Nous en avons suffisamment parlé. Il faut que tu te sépares de Woofy. Sur l'étagère au-dessus du lit, le tambour avance, perd l'équilibre et finit par tomber. Woofy apparaît, tremblant de peur.
— Ah, le voilà ! s'exclame la maman, à l'instant où Woofy s'immobilise, figé comme une peluche.

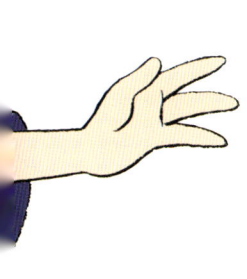

– Oh maman, s'il te plaît, laisse-moi au moins le garder dans ma chambre comme décoration, supplie Antoine.
– Non, non, non, pas question. Tu serais trop tenté de le prendre pour dormir avec toi, lui répond-elle. Les peluches, ce n'est plus de ton âge. Allez, il est temps de dormir maintenant, mon grand !
Et elle emporte le pauvre Woofy qui ne bouge plus une oreille.

Voilà Woofy dans le placard de la chambre des parents, confortablement installé sur une serviette de toilette, toute douce et qui sent bon le frais !
— C'est une bonne chose de faite, pense la maman d'Antoine. J'espère que mon petit bonhomme arrivera à dormir sans son doudou.

Woofy n'en peut plus d'attendre. Dès qu'il entend les ronflements du papa d'Antoine, il ouvre la porte du placard. Il regarde en direction du lit.
– C'est bon ! Les parents dorment. Je peux y aller, se dit-il en se laissant glisser jusqu'au sol.
Woofy s'en va sur la pointe des pattes avec la ferme intention de ne plus jamais se laisser enfermer.

Dans la chambre d'Antoine, les deux amis cherchent un plan.
— Je suis un vrai chien. Je ne peux pas vivre dans un placard !
— Oui, mais ma mère croit que tu es mon doudou et je n'ai plus le droit d'en avoir un. Comment faire ?
— Je sais, s'exclame Woofy, on va te fabriquer un affreux vieux doudou sale, poussiéreux et qui sent le fromage moisi ! Elle sera obligée de changer d'avis.
— Génial ! s'exclame Antoine en prenant Woofy dans ses bras.

Le lendemain matin, Antoine est tout heureux de présenter son nouvel ami à sa maman. Caché derrière un fauteuil, Woofy les observe et les écoute.

— Mais qu'est-ce que c'est que cette peluche ? Elle est toute sale et puis… elle sent très mauvais, dit-elle en grimaçant.

— C'est Lapinou qui m'a consolé hier soir ! Il s'ennuyait au fond de mon bac à jouets ! Dis maman, je peux le garder ? S'il te plaît, supplie Antoine.

— Euh… mon chéri… Je crois qu'il vaudrait mieux que tu reprennes Woofy. Je vais te le chercher.

– Tu as vu, ça a marché ! s'enthousiasme Woofy.
– Pas étonnant. Pouah ! Qu'est-ce qu'il sent mauvais ce vieux Lapinou ! rigole Antoine en tenant la peluche du bout des doigts.
– Mais moi… je devrais être dans le placard… Vite ! s'affole soudain Woofy, qui part en courant vers la chambre des parents.

Trop tard. La maman a déjà ouvert le placard.
– Bizarre, j'étais pourtant certaine de l'avoir rangé là, dit-elle tout haut.
Antoine et Woofy l'ont discrètement suivie.
– Va vite te cacher sous le lit pendant qu'elle est occupée à te chercher, murmure Antoine. Après, je l'appellerai pour qu'elle sorte, comme ça tu auras le temps de retourner sur l'étagère.

– Au secours, maman ! hurle Antoine.
– Qu'est-ce qu'il y a, mon chéri ? demande sa maman en sortant de la chambre.
– J'ai vu… une énorme araignée… par là, prétend Antoine en lui désignant la direction de la salle de bains.
Vite, vite, Woofy en profite pour monter en s'agrippant aux étagères et retrouver sa place dans le placard.
Ouf ! Il était moins une !

— Ah, te voilà enfin, toi ! dit la maman en découvrant Woofy sous la serviette. Les objets sont incroyables. Ils disparaissent quand on les cherche et réapparaissent toujours par miracle, ajoute-t-elle.
Dehors, Antoine sourit.

– Coucou mon chéri ! Regarde qui je te ramène ! s'exclame la maman en entrant dans la chambre d'Antoine.
– Pose-le sur le lit, répond-il sans se retourner ni lever les yeux de son livre.
– Eh bien, je pensais que cela te ferait plus plaisir de retrouver ton Woofy.
– Oui bien sûr, mais… Je me suis trop habitué à Lapinou chéri. Je n'ai plus besoin de Woofy, la coupe-t-il.

Dès que la maman est sortie, Woofy saute de joie sur la tête d'Antoine.
— Plus personne ne nous séparera jamais, hein Antoine ?
Comme il n'obtient pas de réponse, Woofy s'inquiète :
— C'était une blague tout à l'heure lorsque tu parlais de Lapinou ?
— Mais bien sûr ! rit soudain Antoine. Même si un jour, un magicien te change en vraie peluche, tu resteras mon Woofy pour toujours !

Fin

> PARENTS — Entretien avec le psychologue Harry Ifergan

Comment agir avec son doudou ?

Tous les enfants ont-ils un doudou ?

Il arrive qu'un enfant n'ait pas de doudou, ni même parfois de pouce ou de tétine. Pas d'inquiétude, cet enfant est tout à fait normal. Néanmoins, dans la majeure partie des cas, l'enfant, vers l'âge de 1 an, a tendance à adopter spontanément une peluche, un lange, un mouchoir…

Pourquoi ce besoin ?

Le petit être humain est marqué du sceau de la dépendance aux parents. Il gagne peu à peu en autonomie, mais lentement. Pour ce faire, il a besoin d'un intermédiaire concret. Le doudou est cet objet transitionnel entre ces deux états : la dépendance et l'autonomie. Et puis, le doudou est un confident, toujours présent, jamais fâché. Du coup, il est investi par l'enfant qui l'anime de ses sentiments. Parfois même, l'enfant projette sur son doudou les affects et intentions qu'il n'accepte pas en lui. C'est pourquoi, on voit parfois des doudous se faire gronder.

Qui choisit le doudou ?

Souvent, ce sont les parents qui introduisent le doudou vers l'âge de 6 mois. À cet âge, il est encore possible de le sélectionner. Plus tard, c'est moins aisé… On a déjà vu des enfants s'attacher à une couverture ou à un oreiller démesurément grands ou peu pratiques ! En fait, le doudou est un référent stable et les parents anticipent l'incapacité de l'enfant à rester seul. Le doudou les rassure donc. C'est comme s'il leur fallait « penser » au doudou, pour « panser » les petites crises.

Comment ne pas devenir esclave du doudou ?

D'abord, il faut régulièrement le laver pour éviter que l'enfant ne s'attache trop à son odeur. Ensuite, on n'est pas obligé d'emporter le doudou à chaque déplacement, même si l'enfant tient à cette « prothèse », bien utile au moment du sommeil, le premier jour de crèche ou d'école maternelle. Vers 3-4 ans, en petite section de maternelle, il vaut mieux qu'il ne l'utilise que la nuit.

Peut-on décider de supprimer le doudou ?

Ce serait une erreur fondamentale. Le doudou est un complément à l'autonomie et n'est en aucun cas une incitation à la régression. Seul l'enfant peut décider de cette séparation. Et s'il l'a conservé jusqu'à l'âge adulte, tant mieux. Cela ne révèle aucun problème particulier. En revanche, dès l'âge de 3 ans, vous pouvez supprimer le pouce ou la tétine qui incitent l'enfant à se renfermer. Le doudou, lui, reste et aide, une fois encore, à la séparation.

Et si l'on perd le doudou ?

La perte du doudou est généralement la première expérience de séparation que connaît votre enfant. La « cicatrice » qui en résultera l'aidera d'autant mieux à supporter les pertes et séparations futures (ruptures amicales, sentimentales, décès d'un être cher, etc.) En effet, tout le monde vit un jour une perte, qui sera plus ou moins bien supportée selon la manière dont la première expérience de séparation aura été vécue. C'est pourquoi il est important de bien soutenir l'enfant s'il perd un jour son doudou. Selon l'âge auquel cet événement survient, l'enfant réagira avec douleur (vers 2 ans, les attaches aux êtres et objets sont encore fortes) ou sérénité (après 4 ans l'autonomie s'installe).

Il ne faut surtout pas mentir en prétendant qu'il est parti, ni culpabiliser l'enfant car ce sont les parents qui sont responsables du doudou. Mieux vaut dédramatiser : il est toujours positif d'accompagner son enfant quelle que soit l'expérience vécue. Dites-lui que cela peut arriver et que vous êtes là pour l'aider à supporter cette épreuve. Puis, procédez aux recherches. Prendre le temps de constater qu'on n'a pas retrouvé le doudou permet à l'enfant de faire peu à peu son deuil. Surtout, ne proposez un autre doudou que lorsque vous sentirez que l'enfant sera prêt. Et s'il n'est jamais prêt, tant pis. Il faut supporter de voir quelquefois son enfant souffrir.

Harry Ifergan

ALPHANIM présente

d'après la série télévisée WOOFY™.
Produite par (saison 1 – épisodes 1 à 65) : Alphanim, France 5, Les Productions Tooncan Inc., en association avec Cofinova 1.
Avec la participation du CNC (Centre National de la Cinématographie) – Avec le soutien de la région Poitou-Charentes et du département de la Charente.
Développée avec le soutien du Programme MEDIA de l'Union Européenne.

Créée et écrite par Alexandre Révérend – Bible graphique par Jan Van Rijsselberge – Réalisée par Dominique Etchecopar – Musique par Laurent Atkin.
Auteur de l'épisode "Woofy et le faux doudou" qui a inspiré le présent ouvrage : Nathalie REZNIKOFF.

WOOFY™ Alphanim
© 2004 Alphanim S.A., Les Productions Tooncan Inc., France 5 (pour la série télévisée, saison 1 – épisodes 1 à 65).
© 2005 Alphanim, Tooncan, France 5 (pour le présent ouvrage).

©Editions Play Bac, 2005 – 33, rue du Petit-Musc – 75004 Paris

Illustration de couverture : Christophe Malcombe.
Ont contribué à la réalisation de cet ouvrage : L. Bouton, F. Class, P. Coatanlem, E. Gildé, M. Glayrouse, H. Ifergan, G. de La Bretesche, B. Legendre, S. Léger, F. Le Poul, F. Michaud, C. Moubinous pour Fujiyama, C. Petitpas, A. Pichlak, I. Prince.

ISBN : 2 84203 744 8
Loi n°49956 du 16 juillet 1949 sur les publications destinées à la jeunesse..
Dépôt légal : septembre 2005. Imprimé en Chine par SNP.

Toute représentation ou reproduction intégrale ou partielle faite sans le consentement de l'auteur ou de ses ayants droit ou ayant cause est illicite (Article L122-4 du Code de la propriété intellectuelle). Cette représentation ou reproduction par quelque procédé que ce soit, constituerait une contrefaçon sanctionnée par les articles L 335-2 et suivants du Code de la propriété intellectuelle.